서로 사랑하기에는
시간이 너무 짧다

서로 사랑하기에는
시간이 너무 짧다

김종해 시집

발행일
2023년 3월 30일   초판 1쇄

지은이   ● 김종해
펴낸이   ● 김종해
펴낸곳   ● 문학세계사
출판등록   ● 1979. 5. 16. 제21-108호

주소   ● 서울시 마포구 신수로 59-1(04087)
대표전화   ● 02-702-1800
팩스   ● 02-702-0084
이메일   ● mail@msp21.co.kr
홈페이지   ● www.msp21.co.kr

값 13,000원
ⓒ 김종해, 2023
ISBN 979-11-93001-00-4   03810

서로 사랑하기에는
시간이 너무 짧다

김종해 시집

문학세계사

저녁 등불을 내다 걸며

　시인으로 등단登壇, 시詩 하나에 매달려 시를 읽고 쓰면서 살아온 지 올해로 찬 60년이 됩니다.

　시인으로서 아직 시에 대한 원숙한 깨달음을 얻지 못했으나, 시와 함께 걸어온 저의 삶은, 시가 있으므로 사람 마음속에 감춰진 놀라운 낙원樂園 하나를 깨닫게 되었습니다. 시는 제 삶을 지탱하는 기도의 말씀이며 창조와 구원의 의미가 되어 주었던 것입니다.

　시가 있으므로 세상은 따스했고, 시가 있으므로 사랑과 희망을 노래할 수 있었습니다. 마음을 짓누르는 고통과 슬픔, 때로는 절망의 한밤을 아침 햇살로 바꾸던 축복의 말씀이 되기도 했습니다.

　죽을 때까지 저는 시가 가리키는 이 길을 시와 함께 걸어갈 것입니다.

지금 제 앞을 밝히는 저녁 등불은 꺼지지 않았습니다.
아직 가보지 않은 새로운 시詩의 길을 생각하며, 저는
천천히 이 길로 걸어갈 것입니다.

2023년 봄날

지봉池峯 김종해

2. 낙원樂園을 찾아서

3. 서귀포를 가다

4. 그 강 건너지 마오

5. 봄날을 그리며

1.
풀잎끼리도 사랑하니까 흔들린다

서로 사랑하기에는
시간이 너무 짧다

태어나서 죽을 때까지
사람 살아가는 1백 년의 시간은
너무 짧고 허무하다
수천억 년 산과 바다와 하늘
바람과 구름과 햇빛은
지금 그 모습 변함이 없는데
사람 살아가는 1백 년의 시간은
이 땅에 잠시 맺혔다 흔적 없이 사라지는
아침이슬
아침에 태어나서 저녁에 스러지는
하루살이 떼
영생불멸을 기원하지 않는다 하더라도
새로운 생명이 진화하여
이곳을 새 낙원으로 만든다 해도
사람 살아갈 1백 년의 시간은
서로 사랑하기에는 시간이 너무 짧다
간절한 마음으로 사랑한다고
오늘 네게 편지 써야 할 시간이
이 땅에서는 참으로 너무 짧다

절망도 약이 된다

때로는 절망도
우리 살아가는 데 약이 된다
그대여, 오늘의 캄캄한 시간이
괴롭다고 자책하지 마라
때로는 슬프고
때로는 아프기만 했던 시간이
사람 살아가는 날의 일생에서 보면
바람 스치는 한순간일 뿐이다
뜨거운 불가마를 거쳐나온 도자기가
온전한 제모습을 갖추듯
그대에겐 새로운 내일이 있다
수천억 년 묵묵한 바위로 살기보다
짧은 시공時空 안에서
짜릿하게
슬프고 기쁜 마음 누리고 가는
인생 앞에
때로는 절망도
우리 살아가는 데 약이 된다

사람으로 살아보니까

사람으로 살아보니까
비로소 깨닫게 되는 것
함께 살아가는 대자연 속의 또 다른 생명을
날마다 뜯어먹고 삼켜야
사람의 하루를 살아갈 수 있다는 것
야채나 우유와 밥과 고기가
누구의 삶을 허물어뜨려야
비로소 사람의 식탁에 오르게 된다는 것
일평생 살면서
먹고 삼키며 살생한 죄는
스스로 죄가 아니라고 한다
채소 잎사귀 한 장, 생선 한 마리 굽는 일마저도
누구 하나 마음 아파한 적이 없다
사람으로 살아보니까
사람의 식탁이
때로는 죽비로 나를 깨운다

풀잎끼리도 사랑하니까 흔들린다

풀잎끼리도 말을 한다
풀잎끼리 서로 지껄이는 조그만 귀엣말
내가 풀잎이 되어야
겨우 알아듣게 되는 저 풀잎의 말
서로 사랑하는 모든 존재는 흔들린다
바람이 불지 않아도
살아 있는 것은
서로 사랑하니까 흔들린다
풀잎의 옷을 비껴 입고
제 몸의 가녀린 무게를 실은 뒤
바람에 몸을 맡기는
저 작은 생명의 귀엣말을
나는 풀잎이 되어 엿듣는다

풀 앞에 서서

나이 팔순을 지나가니까
풀이 문득 보인다
풀이 보이니까 바람마저 보인다
풀 앞에 서면 나도 말을 버린다
말을 잊고 사는 것은 풀만이 아니다
한 마디 말도 하지 않고
풀은 일생을 살아간다
풀의 말을 해석하지 못하므로
나는 외롭다
말을 버린 풀처럼
바람이 불어오는 쪽을 향해
나는 필생畢生으로 온몸을 편다
풀이 흔들린다

서울이 캄캄하다

서울의 봄날이 캄캄하다
초미세먼지가 오늘도 남산을 잡아먹었다
우리 집 뒷산 인왕산
건너편 북악산도 위험하다
따라서 청와대의 안부도 궁금하다
일 년 열두 달 뜯어고치는 광장
광화문도 궁금하다
사람 살아가는 일
날마다 촛불처럼 흔들리니까
나는 오늘도 내 눈에 안약
캄캄해지기 전에
저녁마다 혼자서 녹내장 안약을
꿈속에다 떨어트린다
눈 감고 사는 사람에게
환한 봄날이란
내일을 기다리는 불가촉천민不可觸賤民의
꿈속 세상이다

오늘은 비

아침에 잠을 깨니
유리창에 빗방울이 가득 맺혀 있다
밤사이 하늘이 써서 보낸 기별을
나는 놓쳤다
하늘은 아직 어둡고
바람은 유리창에 제 모습을 적어 놓지 않았다
사람 살아가는 일 다 그렇지
단순하지
비가 오니까
오늘 아침 나는 우산을 들고
집을 나설 것이다
일상 속에서 일상의 바람에 부대끼며
오늘 내린 빗방울에
조금은 옷자락이 젖을 것이다
젖는 일마저
나는 편안하게 받아들일 것이다

만찬

인왕산 밑 내수동 우리 집에는
팔순이 지난 늙은이 내외 둘만 산다
고맙다, 아프지 않고 자족해서 살아간다는 것
이웃과 친지와 사돈의 부고訃告까지
다독이며 살아온 외로운 삶 속에서
때로는 슬픔과 절망이
온전히 내 것이었던 날
그런 아픈 언덕을 넘어서
오늘은 호호백발 흰 머리
검게 물들인 아내와 함께
햇빛 남아있는 봄날 저녁 식탁에 앉아서
밥을 먹는다
김치와 된장찌개, 톳나물 무침
제철 생선 조려낸 늙은 아내의 음식 솜씨도
달고 깊지만
식탁 한 켠에 날마다 오르는 한 잔의 소주
저녁밥 한 끼 먹는 시간이
세상과 인생을 새로 깨닫게 한다

비에 젖은 새

장마 빗속을 뚫고
산비둘기 한 마리
16층 우리 집 아파트 베란다 난간으로 날아와
잠시 앉아 있다
날개도 깃털도 흠뻑 젖은 새
꼬리깃으로 빗물은 흘러 난간이 흥건하다
비를 피하려고 잠시 들런
저 새를 위해
잠깐의 안식을 지켜주기 위해
베란다 유리문 안쪽에서
나는 꼼짝할 수 없다
내쉬는 숨마저 참으며 움직이지 않으며
나는 좀 더 오래 석상石像이 되어가고 있다
평생 문밖에서 고단한 삶을 살았던
비에 젖은 어머니의 모습이
거기 비쳐보인다
새여, 비에 젖은 산비둘기여
유리창 안쪽에서
나는 잠시 비에 젖었다

스마트폰에 노을을 담았다

저녁이 와서
업데이트를 준비하는 동안
저물녘 인왕산 산빛이
잠깐 사이 화안하다
산 능선에 초승달이 딱 걸려있는
그 시각을 스마트폰에 담는다
겨울 저녁은 순식간에 내수동까지 와서
아파트 통유리창 한 면을 덮게 되리라
곧 캄캄한 어둠에 묻히리라
해 지고 난 다음
저물녘 이 시각
스마트폰에 담아둔 겨울 저녁 한순간
인왕산 능선 위에서
저 혼자 화안하게
화면 속에 붙잡혀 있으리라
잠깐 살다 돌아가는
누구의 삶 속 한때를 기억하게 되리라

은행나무 아래 주차장

아침 아홉시에 주차를 하고 운전석에서 내리면 그가 서 있다 가을이 와서 황금빛 제복을 입고 꼿꼿하게 서 있는 그에게 나는 목례를 한다

저녁 다섯시 퇴근을 위해 시동을 걸기 전에 그는 바람 속에 서서 샛노란 은행잎 몇 잎을 떨어뜨린다. 보닛과 앞 유리 차창을 장식한 몇 장의 잎사귀는 주행 중에 길 위에서 흩날린다

사시사철 제복 색깔을 바꿔 입고 그가 내 삶 위에 묵묵히 서 있다 그와 나와의 철학적 존재 담론은 얼마나 오래 갈 것인가

비오고 바람 불던 늦가을, 그가 지상에 마지막으로 떨어뜨린 잎을 나는 노안老眼으로 무심코 바라보며, 그가 나에게 남긴 생명의 흔적, 한 장 잎사귀에 담겨 있는 그의 귀소歸巢를 나의 삶 속으로 끌어와 깊은 밤 꿈속에서 또 한 번 뒤적여 보는 것이다

신안 앞바다

섬과 섬은 서로서로 손을 잡고 있구나
신안 앞바다에 떠 있는 저 작은 섬들은
웅숭깊고 따스한 전라도 방언
모두 제 고향 목소리를 가지고 있구나
바다 위에 차린 일천 첩의 반상 위에
섬들은 모두 떠날 수 없는 한 가족이다
밀물과 썰물, 갯벌마저
섬인 듯 눈물인 듯 가슴속에 묻고
제 이름 차례를 기다리고 있구나
부모형제, 큰놈, 작은놈, 막둥이까지
섬 이름 모두 부르기조차 벅찬
신안 앞바다의 저 섬들을 보면
지금은 이승을 떠난
누대累代의 우리 가족 이름들,
이 바다에 와서
큰 목소리로 불러보고 싶구나

눈물을 흘렸다

내일이면 대한大寒
아침부터 허공에서 눈발이 날렸다
아내와 함께
광화문 씨네큐브까지 걸어가서
다큐영화 〈파바로티〉를 보았다
사람 몸이 내지르는
가장 높고 아름다운 테너의 '하이 C'
루치아노 파바로티는 천상天上의 음악을
인간의 것으로 만들었다
귓가에서 맴돌다 끝내
영혼 속으로 들어와 속삭이는 아리아
내가 속절없이 눈물을 흘리는 이유는
위대한 성악가의 한 삶을
경배해서가 아니다
빗줄기가 쏟아지는 파바로티의
그 런던 야외 공연장
앞 좌석의 다이애나 왕세자비가
우산을 접자
객석 가득 찬 청중들 하나하나

우산을 접고 모두 비를 흠뻑 맞으며
파바로티의 아리아를
기도하듯 심취해 듣고 있다
무대 위 파바로티를 우산으로 가리지 않으려고
우산을 접는,
저 천상의 시간을 함께하는
청중들의 숭엄한 자태
나는 끝내 눈물을 흘렸다

능소화, 이름을 묻다

저녁 식탁 위 접시에 놓인 한 알의 과일
나는 그 이름을 잊었다
아내에게 그 과일 이름을
생소하게 물었다
아내의 눈이 동그랗게 커지고
아내의 입에서 망고라고 했을 때
세상의 까마득한 이름 가운데 호명된
망고의 이름을 새로 찾았다
아, 망고!
아내가 놀라는 이유를 나는 알 것 같다

드라이브 주행 중에 차창 바깥으로
담벼락에 매달린 능소화가 보인다
원추꽃차례의 주황색 그 꽃을,
덩굴을 가져서 하늘로 오르는
그 꽃들의 이름을 잊었다
식물도감에서 겨우 찾아낸 그 능소화
다시 드라이브 주행 중에 또 맞닥뜨린
능소화의 이름을 나는 매번 놓쳤다

능소화! 오오, 능소화!
남의 집 담벼락에서 피는 그 능소화를
나는 정말 세상의 이름 가운데 잊고 만 것일까?

달력을 뜯어내며

창문 밖으로 채권자 같은 모습으로
가을이 오고
바람이 불자 영락없이 나뭇잎은 흩날린다
나는 숨죽이며 철 지난 달력을
벽에서 한 장씩 뜯어낸다
어제의 나뭇잎보다 무성했던 시간들이
나의 삶 속에서 한 장씩 찢겨 나간다
누구의 인생 이면에서처럼
오늘은 어제와 같고
내일은 또 오늘의 시간 위에 요일별로
채무자 같은 모습으로 걸려있다
나의 삶에서 뜯겨나간 시간의 낱장들과
나에게 아직 남아있는
쓰지 않은 시간들이 몇 장인지 생각하며
찬 바람 부는 늦가을 저녁
아직은 꽃봉오리며 불쏘시개로 남아있던
마지막 남은 달력의 낱장을
손으로 가만히 쓰다듬어 본다

시간 속에서 사람이 걸어간다

뚜벅뚜벅
시간이 걸어간다
시간이 걸어가는 소리는 정확하고
빈틈이 없다
그 옆에서 함께 걷던 사람은
어느덧 하나하나 사라지고
또 다른 모습으로 나타난 사람이
시간과 함께 걷는다
삶이 흘러가는 시간은
누구에게나 꼭 같아 보이지만
사라져야 할 방위와 시간은
서로 다르다
슬프고 괴로웠거나
기쁘고 즐거웠거나
오늘이라는 하루
순례하는 시간 위에서
시간을 잊은 사람이 한평생 걸어간다
지금 바로 그대 옆에서 뚜벅뚜벅
시간이 낯선 모습으로 걸어가고 있다

은행잎은 떨어져서도 길을 밝힌다

바람 부는 늦가을
마포 신수로 은행나무 가로수 길
올해도 길바닥이 노랗다
떨어져 내린 은행잎 위에
바람에 날리는 은행잎이
또 와서 쌓인다
헤어진 사람 절로 그리워지는
은행잎 날리는 가로수 길 위에
사람들은 잠시 걷던 길 서서 멈춘다
가파른 삶의 길을
문득 되돌아보는 낙엽의 시간
따스한 추억 하나만으로도
길은 허공으로 떠오르고
귀가를 서두르는 잎사귀마다
반짝 30촉 전등빛으로
불이 켜진다

은행잎이 흩날리는 시각

사나흘째 늦가을 미세먼지
아침 출근길이 캄캄하다
검은 마스크를 뒤집어쓴 하늘
전조등 불빛 너머
가로등보다 더 환한 늦가을 은행잎
바람에 날리는 황금빛 은행나무 잎사귀들이
반짝 불 밝히는 점등點燈이 된다
환하게 밝아진 은행나무 가로수 아래
노란 은행잎 카펫을 밟고 걸어가는 사람들이
모두 행복하게 보인다
은행잎이 천지에 흩날려서
활달하고 넉넉한 아침
마포 신수로의
황금빛 시간
낙엽 때문에
어두워진 삶이 잠시 빛날 때도 있다

2.

낙원樂園을 찾아서

길 위에서

사람 살아가는 길
눈 오고 비 내리고 바람 부는 길
그 길 위에
사람마다 서로 다른
희로애락이 깔려 있다
때로는 꽃길이
때로는 벼랑길이
저마다의 삶 안에 녹아 있다
한겨울 얼어붙은 절벽 길을 걸었던
사람들의 봄날이
더 행복해 보이는 까닭은
절벽을 마주 서 본 사람의 결기가
평생 몸속에 남아 있기 때문이다

낙원樂園을 찾아서

살아서는 낙원을 보지 못하였으나
사람들은 죽을 때
비로소 낙원을 보게 된다
살아온 한평생이
모두 낙원이기 때문이다
사람에게 한 생은
누구에게나 선물이다
함께 살아왔던 사람들은
이곳이 낙원이었음을
누구 하나 발설하지 않고
순명을 다하고 이 땅을 떠난다
그러니 그대여
살아가는 동안 이 순간의
펄쩍펄쩍 뛰는 생生을 놓치지 마라
그대가 사는 낙원의 한순간을
영원처럼
지금 마음껏 교감하라

선종善終을 지켜보다

삶이여,
때로는 괴롭고 힘든 날도 많았었지만
대체로 따뜻하고 걷기 좋은 날
살아온 나날이 꽃길은 아니라도
지내온 세상은 행복했었다
험한 벼랑길 부대끼며
살아왔던 길
이승의 마지막 시간을
되짚어 바라본다
서로에게 꽃이 되었던
허공의 시간을 바라본다
이승의 삶이여
고맙다, 사랑한다

아내와의 약속

장례식이 끝나고 운구 행렬이 화장터로 떠날 때
노인은 한손으로 지팡이를 짚고
한 손으로
아내의 시신이 담긴 관을 붙들었다
그리고는 아내를 향해 고꾸라졌다
구순이 지난 노인은
먼 곳으로 떠나가는 아내의 이름을
처음으로 불렀다
이어진 짧은 뒷말은 곡哭소리로 흐렸다

일주일 뒤
노인은 지팡이도 버리고
세상마저도 버렸다
아내가 떠나간 길을 따라나선 것이다

수목장 樹木葬

그가 죽었다
그의 얼굴에서 희로애락喜怒哀樂이 지워지자
사람의 모습 또한 사라졌다
한 그루 나무 아래
몸을 맡기고 떠난
그의 변신을
누구 하나 슬픔으로 달랠 수 없다
나무는 나무일 뿐
허무를 달래려고
나무에 의탁한 그의 환영幻影이
새 명찰 하나 달고
바람 속에 무심하게 서 있다

봄이여 무심하구나
—이어령 선생님을 그리며

바람이 불자
벚꽃 꽃잎이
하르르 하르르 날린다
꽃 지고 바람부는 그 짧은 순간을
그 사람은 볼 수 없다
평창동 영인문학관 언덕 위
눈부신 하늘을
그 사람은 두고 떠났다
그 사람 떠나고 없는 봄날
바람이 불자
푸르고 슬픈 하늘 위로
꽃잎이 하르르 하르르
또 떨어진다

알람을 껐다

평창동 영인문학관에 가서
이어령 선생을 추모하고 돌아온 날 밤
새벽 3시까지 나는 잠을 이룰 수 없었다
암전 속에서 혼자 헤매었다
밤새 뒤척이던 그때
십수 년 전 낮 12시 신문회관 오찬장에서
밥 한 끼 각별히 사 주시던
뜬금없는 기억
아! 하고 잊혔던 그날의 이어령 선생이 떠올랐다
은쟁반 위에서 쉴 새 없이 구르던
선생의 달변
사람 살아가는 일상의 캄캄한 한순간이
갑자기 수면 위로 환하게 떠 오르자
오늘 밤, 잠은 다 잤구나
나는 손을 뻗어서
침상 위의 새벽 5시의 알람을 껐다
이제부터 아침 해 돋기까지
두 다리 뻗고
나는 늦잠을 자리라

그리하여 이어령 선생을 잊게 되리라
새벽의 알람은 꺼진 채
다시 내일의 시간을 알려주지 않으리라

허공 속에서

가까웠던 친지와 지인들의
부고를 받을 때마다
순간의 슬픔 때문에
내 삶의 시간이 하얗게 가라앉는다
나는 잠시 허공 속에 있고
떠난 사람과의 삶의 구체적 인연도
초고속의 영상으로 되감기고
그 허공 속에서
내가 미처 허락하지 않은
눈물이 스며든다
나를 위해 준비된 아침도 점심도 저녁도
오늘 이 시간 이후부터 모두가 허망하다
고인이여
나는 이승의 그 사람 이름을
다시 한번 나직하게 불러본다

자전거를 타고 간 사내

나이 팔순을 넘어서
사내는 자전거를 한 대 샀다
날마다 서투르게 페달을 밟았다
서대신동 언덕빼기 오두막집에서
아픈 아내가 살고 있는
낙동강 인근의 아파트까지 페달을 밟았다
그리고 마침내 하늘에 도달하기까지
아무도 모르게 페달을 밟았다
그가 죽기 직전에 자전거를 세워둔 곳은
평소 기거했던 안방 한가운데였다
자전거는 한 마리 말처럼
혼자서 숨을 쉬고 있었다
그가 하늘에 도달한 것을
사람들은 알았지만
그의 자전거는
맨손으로 여섯 자녀를 길러낸
오두막집 안방 한가운데 서 있었다

까마귀와 함께

아침부터 까마귀가 우짖고 있다
한 마리가 아니라
여러 마리가 방향을 바꿔가며
대구對句를 한다
목소리마다 슬픔이 묻어 있고
왜, 왜, 왜라고 반문을 하기도 한다
폐부 깊숙이 감춰둔 말을 꺼내어
공론화하기도 한다
마포 인근의 강과 신촌 야산을 향해
까마귀가 우짖고 있다
저들이 모여서 주고받는 말 속에는
대체적으로
긴박한 전언傳言이 있고
슬픈 부고訃告가 담겨 있다
나는 까마귀의 말을 모른다
까마귀 일가一家들이
다급하게 주고받는 대화 속에서
오늘따라 가슴이 아파오는 것은
그들의 목소리 속에 담겨 있는

급작스런 조문弔問의 슬픔이
나를 흔들기 때문이다

외출

함경도 원산 출신의 원로시인 김광림 시인이
서울 홍은동 딸집에서 외출한 지
10년이 지났지만 종무소식이다
산수傘壽 때까지 못 밟으신 고향 땅
원산 바닷가를
미수米壽 때는 꼭 밟으소서
8순 때의 시인들의 간절한 기원도
한국 대만 일본 3국 시인들의 축수祝壽도
아랑곳하지 않고
세상을 비워둔 외출 기간이 너무 오래다
이중섭, 박남수, 구상 세 대가大家를
남다른 사랑으로 좇아가던 그 북쪽 고향을
밤마다 눈에 담아 경배하심인가
6.25 전쟁 때 피비린 백마고지 백병전
김충남金忠男* 소위, 그때 그곳을 찾아서
사라진 전우戰友들을 위로하심인가
이승 안에서 살며
이승 바깥으로 오래 외출하신 김광림 시인을
오늘따라 유달리 흐린 가을 하늘

낙엽 흩날리는 날
그를 그리워하다

* 김광림 시인의 본명

따뜻한 지폐

원효로 옛 전차 종점 부근의, 원효로 4가 5번지, 박목
월 선생님이 이승을 떠날 때까지 사시던 지번地番 주소
지. 추석이나 설날 명절 때가 아닌 시협詩協 일로 혹은 시
詩 월간지《심상心象》일로 선생님이 자주 나를 불러들이
던 선생님의 서재. 대문 밖에서 초인종을 누르면 철문이
철컥 열리고 사모님이 다급하게 신발을 끌며 나오셔서
"김 선생, 오늘은 정치 이야기하지 말아요." 선생님의 지
병인 고혈압 때문에 나는 선생님 앞에서 시국 이야기를
할 수도 없다. 시협 일과《심상心象》지의 진행 상황만 브
리핑해 드린다. 나는 선생님을 사랑하지만 선생님의 고
혈압을 걱정해서 젊은 시인이 생각하는 정치 현실 이야
기를 할 수조차 없다. 사모님이 차려주시는 저녁 식사를
끝내고, 선생님께 인사드리고 현관 바깥 감나무를 지나
철문 앞까지 걸어 나오면 사모님이 내 옷 주머니에 찔러
넣어주시던 따뜻한 지폐 몇 장, 청량리 지나 상계동 변두
리 끝까지 타고 갈 수 있는 택시비. 끝끝내 거절하지 못
한 따뜻한 지폐 몇 장. 철문 담장 위에는 아아, 밝고 환한
달이 떠서 세상을 비추던 날도 있었다.

된장 시래기국

　〈자유실천문인협의회〉가 창립되던 그해 1974년 1월 17일, 유신헌법을 반대하던 문인 61명이 일망타진, 남산 중앙정보부로 연행되어 조작된 '문인간첩단' 사건을 혹독하게 조사받던 때였다. 한겨울의 새벽녘에 청량리 경찰서 정보계 형사 두 명이 우리 집을 급습했다. 서울의 변두리 상계동에서 아내와 세 아이들과 어머니와 함께 살던 그 집, 어머니가 기르던 두 마리의 개와 열 마리의 토종닭이 아직 잠이 덜 깬 새벽녘, 아들의 연행 사실을 알게 된 어머니는 부엌 연탄불 위에 된장 시래기국솥을 얹었다. 연행되어 가는 아들에게 먹일 한 그릇의 뜨끈한 해장국밥. 그러나 그 뜨끈한 해장국밥은 아들과 함께 두 사람의 정보계 형사에게도 한 그릇씩 주어졌다. 힘내라 아들, 무너지지 마라 아들, 어머니가 끓여주신 겨울 새벽의 그 된장 시래기국 맛은 이 세상 평생토록 살아오면서 지금껏 나에게 잊을 수 없는 뜨거운 맛과 사랑으로 남아 있다.

한 마리의 새, 이민을 가다

명륜동 댁을 처분하고
남산 회현동 하숙집에서 걸어서
종로 관철동 시협詩協 사무실로 가끔 들리시던
박남수朴南秀 선생님이
오늘은 비행기를 타시는 날입니다
자유를 찾아 북北에서 남南으로
평양에서 서울로 오셨던 선생님이
오늘은 미국 플로리다로 이민을 갑니다
북에서도 남에서도
결코 깃을 칠 수 없었던 남포南浦의 갈매기
1975년 4월
김포공항으로 떠나는 승용차 안에는
박남수 선생님을 배웅하는 박목월朴木月 선생님 내외
분과
젊은 시인 김종해가 선생님의 가방을 들었습니다
승용차 안은 《문장文章》지 출신의
두 큰 시인의 우정과 사랑이 따스하였고
슬픔과 회한 또한 감출 수 없었습니다
가끔 알 수 없는 적막도 끼어들었습니다

이민을 떠나는 박남수 선생님의 직업은
아직도 대학 강사 그리고 시인이었습니다
나는 그때 김포공항으로 가고 있는 그 승용차 안에서
피아니스트였던 박남수 선생님의 부인이
역동적으로 거세게 치는
피아노 변주곡을 들었습니다

청와대가 달라졌다

인왕산 아래
종로구 사직로의 '경희궁의 아침' 아파트 16층
커튼이 내려진 나의 서재 유리창문 한쪽에
언제나 맞은편 청와대가 딱 붙어있다
역대歷代 임금들이 살았던 이웃의 경복궁은
각角이 사라지고
역사의 고풍이 격格을 살려 우아하지만
저 유리창 밖 청와대는 항시 시퍼렇게 날이 서 있다
16층 아파트로 이사온 지 20년
북악산 아래 시퍼렇게 보이던 그 집
오늘은 청와대가 달라졌다
대통령이 바뀌자 하루아침에
청와대의 서슬 푸른 권력은
만인의 아름다운 정원庭園이 되었다
옛날 고려시대 때 남경南京으로 불리웠던
군사훈련장 북악산 경무대景武臺
일제 침탈기의 조선 총독 관저
해방 뒤 미군정 사령관의 관저
이승만 초대 대통령의 관저 경무대

4.19혁명 뒤 윤보선 대통령이 이름 붙인 청와대
박정희 군사정권과 역대 대통령들의 숨가쁜 권력 이동
청와대는 민주民主라는 이름의 문패만 갖다 붙인
권력의 경연장이었다
내가 사는 종로구 사직로의 16층 아파트
서재 유리창문에 언제나 붙어 있던 청와대
오늘은 대통령이 바뀌자
누구나 쉴 수 있는 한 채의 국민의 집
아름다운 정원이 되었구나
창문 멀리 바라보이는 청와대는
지금 막 날아오르는 한 마리의 푸른 새
오오, 대한 국민 만세!
오늘 나는 쾌재를 부른다

감사 기도

인왕산 아래
내가 사는 경희궁의 아침 16층 아파트
아침 잠 깨어 커튼을 열면
허공 아래로
미술관이 내려다보이고
까치들마저 발자국 소리를 죽인 채
날아오르는 것이 보인다
때로는 유리창에 반짝이는 빗방울마다
밤을 지샌 새날이 업혀 있다
산수傘壽 지나 맞는 꽃피는 봄날
이제 몇 밤 더 자고 나면
나는 지금, 여기, 이곳을 비우고 떠나갈까
아침마다 조간신문의 부고란
여행을 끝낸 고인故人들의
생몰生沒 나이를 꼼꼼히 읽어내듯
산수傘壽 지난 봄날 아침
고맙다, 고맙구나
지금까지 나 살아오며
이 땅, 이 세상과 함께해온 삶에게

창문을 열고
잠깐 감사 기도를 올리다

따뜻한 서재

고인故人들이 쓴 따뜻한 육필 유묵遺墨은
나를 끌어당긴다
나 혼자 쓰고 있는 내 집 서재의 공간은
언제나 그분들이 차지한다
유묵 속엔 그분들의 나직한 음성이 언제나 들린다
김동리金東里 선생의 육필 붓글씨, 최치원의
'추풍유고음秋風惟苦吟 세로소지음世路少知音
창외삼경우窓外三更雨 등전만리심燈前萬里心'은
한밤에 빗소리 문득 들리고 비 오는 가을밤이면
만 리 밖의 사람마저도 뼈저리게 생각나게 한다
박목월朴木月 선생의 육필시
'국화 첫 꽃송이 / 10월 상순의 / 오늘의 밤하늘에 /
깔리는 은모래'는
늦은 밤 홀로 국화꽃과 별을 바라보는
목월木月의 차디찬 고독이 보인다
슬픔도 비쳐 보인다
김종길金宗吉 선생이 어느 봄날 인사동에서
술에 취해 육필로 쓴 이백李白의 시
'고인서사 황학루故人西辭黃鶴樓

연화삼월 하양주煙花三月下揚州'는
떠나가는 친구를 향한 애틋한 마음을 담아낸다
취중 서정시인의 도도한 취필醉筆도 보인다
또 조병화趙炳華 선생이 한 줄로 굵게 내리쓴
육필 붓글씨는 사람살이의 평소의 경구다
'일일일생일망一日一生一忘'은 내 마음에 와서 즉시 꽂힌다
날마다 한가지씩 생기는 번민을 마음 밖으로 내다 버
린다
나는 고인들의 따뜻한 말씀들을
서재 속에 담아둔다

3.
서귀포를 가다

서귀포를 가다

어느 곳에서 보아도 수평선이 눈높이보다 5cm쯤
높아 보이는 서귀포와 애월의 작은 포구를 나흘간 빌
려 썼다.
증손녀와 함께 우리 가족 4대가 함께 했던
제주도 여름 여행은 가난한 이중섭 가족 네 명이 굶주
리며 살았던
초가집 셋집을 둘러보는 동안 지금 내가 밟고 있는 오
늘 이곳이
삶의 억센 파도를 맞아본 나그네에겐
지상의 낙원임을 크게 깨닫게 한다
이중섭 가족의 1.5평 조그만 방 하나가 쇠망치로 때
리듯
나를 깨운다

Happy birthday

제주시 애월읍 여행 숙소에 저녁 등이 내걸리고
증손녀의 두 돌 생일케이크에 촛불이 커지기 직전
여행 온 온 가족이 Happy birthday를 합창하기 직전
그러나 이날의 주인공 증손녀 아기는
온몸으로 악을 쓰며 소리쳐 울었다
생일 케이크도 싫고, 촛불도 싫고
생일 축복 합창도 더더욱 싫다고
온몸을 뒤채며 울었다
증조할아버지, 할머니도, 조부모도
엄마와 아빠도 당혹스럽다
서울 마포 어린이집에서도 보였던
아기의 특이한 생일 파티 트라우마가
모두를 난감하게 했다는데
그러나 증조부의 마음은 태산처럼 편안하다
증손녀 김오른의 남다른 세상 살기
감춰진 특이한 자기만의 세계를
아기의 마음속에서 보았기 때문이다

섬에서 최하림 시인을 만났다

목포 출신의 섬사람 최하림 시인을
신안군 팔금도에서 보았다
목포 앞바다 다도해의 작은 섬들
압해도 천사대교 너머 암태도
암태도 건너 팔금도에서
초등학교를 오가던 소년 최호남*의
조그만 오두막집 생가를 보았다
원산리 섬마을 벌거숭이 동무들과
주린 배를 채우던 바닷가 갯벌과
채일봉을 오르내리던 그의 유년이
팔금도 섬 안에서 반짝이고 있었다
목소리마저 들리는 건너편의 이웃 섬
안좌도의 김환기 화백이 살던 고택에선
고구마 삶는 냄새가
아이들의 주린 배를 깨웠다
목포에서 장을 보고 통통배 타고 돌아오시는
어머니를 기다리는 다 늦은 저녁
최하림 시인의 유년이
목포항 오가는 옛 뱃길처럼

가물가물 내다보였다

* 최하림 시인의 아명

안부 전화

여든 살이 다 되어가는 노년의 나이
안성으로 낙향한 경산綱山*은
사나흘에 한 번씩 전화를 해왔다
어제 신작시 한 편을 썼노라고
집 뒤편에 황토방을 새로 만들었다고
서울 가면 종로 이문설렁탕을 함께 먹자고
통화하는 내내 안성 산야山野 저편에서
편안한 적막이 묻어왔다
그 적막의 중심에는 언제나 시가
새파랗게 반짝이고 있었다
그래, 친구야
우리 살면 백 년을 살겠나
건강 괜찮아지면 소주나 한잔 하자
소주마저 한 잔도 못하던 그대
안부 전화 한 마디가
서둘러 행복해지고
따뜻해지던 때도 있었다

* 정진규 시인의 아호

가까운 곳에 새 여행지가 있었네

낯선 도시와 자연을 찾아
세계의 곳곳을 다녀보았지만,
북조선의 평양이나 영변
대동강 모란봉 을밀대
백두산 금강산 묘향산도 다녀 봤지만
더 늙기 전에 한 번은 꼭 가보고 싶은 곳
이웃 동네 서울 잠실의 125층 수직 도시
오늘은 운동화 끈을 조여 매면서
롯데월드타워 서울 스카이 전망대를 오른다
남산 서울 타워보다
우리 동네 뒷산 인왕산보다 높은
125층 555m 높이의 까마득한 정상
순식간에 오르는 초고속 엘리베이터
뉴욕의 102층 엠파이어 스테이트 빌딩이나
두바이의 부르즈 할리파 160층 빌딩도
부럽지 않은 까마득한 허공
새들마저도 날아오르지 않는 곳
저 아래 게딱지보다 더 작게 엉겨붙은
사람 사는 세상의 지붕이 보인다

지상에서의 사람의 삶이 환하게 내려다보이는
소위 사회적인 동물들이 일군 텃밭
오늘은 사람 사는 그곳을 빠져나와
나는 잠시 고공高空에서
하늘에 사시는 하나님의 심사心思가 되어본다
저 조그만 장난감 도시의 지붕 뚜껑 너머
산과 구름과 지평, 반짝이는 한강의 뷰가
잠들었던 나의 일상을 다시 흔들어 깨운다

블라디보스톡으로 가다

서울에 며칠째 폭염경보가 내려진 8월의 첫째 주
3.1 독립선언을 선포했던 기미년 100주년
우리 조손祖孫 3대는 북쪽으로 여행을 떠났다
러시아 연해주의 블라디보스톡
아들과 며느리, 딸과 사위, 손주들이 함께하는
두만강 건너 옛 발해가 숨 쉬는 땅
한겨울 혹한기에 바다가 얼면
간도 지방에서 인마人馬와 함께 건너가던 땅
해외 독립운동의 전초기지
뜨거운 햇살 아래
신한촌이 자꾸 눈에 밟혔다
대한의 자주와 독립을 꿈꾸며
새 삶과 자유를 갈망하던
유랑 한인韓人들의 고난이 시작된 곳
옛 개척리에서 쫓겨와
블라디보스톡의 변두리 산비탈
피땀으로 다시 일군 신한촌
지금은 이곳에 집시보다 더 슬픈
카레이스키들은 멀리 떠나고 없다

그 자리에 우리 조손 3대가 서서 올리는 묵념
한적한 신한촌 기념탑 앞에 서면
가슴이 시리다
세 개의 대리석 기둥 기념탑 주위로
계절마다 피고 지는 야생화가 자라고
누군가 잊지 않고 올려놓은 꽃바구니에는
민족의 번영을 기리는
한인들의 꿈이 담겨 있다

덩굴장미꽃은 아름답다

5월의 덩굴장미꽃은 눈부시고 아름답다
무리 지어 붉게 핀 저 덩굴장미꽃은
5월 한 달 동안
담장 너머 오가는 행인들에게
머리를 치켜들고 윙크를 한다
담장 안팎에서
한 계절에 딱 한 번
스스로 덩굴장미꽃으로 와서 피는
5월의 우리 집 새 가족들
저 덩굴장미꽃의 아름다움에는
소유권이 없다
오가는 사람들의 시선 끝에 매달린
반짝이는 공유
덩굴장미 꽃가지 한 송이 꺾으려면
꽃송이 하나 말고도
줄기에 매달린 예리한 가시
손끝을 찌르는
그 아픔마저도 가져가야 한다

5월 엽서

고맙습니다
입하立夏, 소만小滿 지나 망종芒種 오기 전까지
5월 한 달 동안
해마다 우리 집 뜨락의 담장 위에
한마디 말씀도 하지 않으시고
새벽마다 고요히
붉고 눈부신 덩굴장미 꽃을 걸어주신
하나님 당신께
고맙습니다
붉고 고혹적인 5월의 여신女神
덩굴장미 꽃을 보며
진심으로 머리 숙여
5월 한 달 동안
찬미 드립니다

아가에게
—김오른이라는 이름의 아기천사

산부인과 신생아실에서
아기가 눈을 떴다
수많은 우주의 별 가운데 하나
지구라는 행성
엄마라는 로켓의 문을 빠져나와
아기가 눈을 떴다
아가야
우리는 너의 행선지가 궁금하구나
태양계의 가족들이 모두 너를 바라본다
네가 걷게 될 이 땅
먼저 온 사람들이
길 안내를 하게 되리라
네가 살아갈 일백 년의 시간 동안
벼랑길과 가시밭길이
너를 사람으로 만들어 가리라
너를 지혜롭게 하리라
오늘 너의 탄생을 축하한다.
아가야!

할아버지는 행복하다
—김오른 아기의 첫돌을 축하합니다

증손녀의 첫돌을 맞았다
할아버지는 눈빛으로 짧게 기도한다
해피 버스데이
코로나 팬데믹 건너편 너머
4대의 가족이 멀리 또는 가까이서
함께 촛불을 밝힌다
아기가 스스로 걸어가게 될
일평생을 축원한다
어둡고 괴로운 이승 저 너머까지
세상의 눈 비바람에도 젖지 않는
스스로 일어서고 스스로 날 수 있는
저 조그만 날개를 응원한다
웃음 짓는 아기의 맑은 눈빛만으로도
아가야 오늘 우리는
세상 살아가는 일이 너무 행복하다

그대 아름다운 신라의 여인이여
—황남동 고분 120-2호

한 시절 꽃이 피고 시드는
사람 사는 세상의 시간은 잠깐이다
아까운 청춘 한 시절
경주 황남동 궁성宮城 아래
떨어진 꽃 한 송이
망자가 되어 궁실의 호곡號哭을 받으며
홀로 황천길 노 저어 가는데
걸린 시간은 1천 5백 년이다
얼굴 위에 덮인 금동관 아래
바람이 먼저 그녀를 일으켜 세운다
돌무지 덧널 무덤 속
숨 막힐 듯 그녀의 미모가 눈부시구나
궁실에서 전해오던 눈부신 보물과 휘장들
온몸에 두르고
엊그제 사람 사는 세상을 산책하던
그녀의 이름을 조심스레 불러보고 싶구나
검은 머릿결에 꽂은 금동달개
곡옥과 금구슬이 달린 금드리개

금고리 귀걸이며 남색 구슬 목걸이
구슬 은팔찌며 은허리띠
흰 손가락 마디마다 옥돌가락지
금동 신발 신고 달 뜬 날 밤이면 걸어보랴
그보다 순결을 지켜주는 허리춤의 은장도
고적한 날 물레의 실을 꼬며 돌리는 방추차
님 오신 날 옷주름 펴는 청동 다리미
그대 아름다운 신라의 여인이여
이승 지나 다음 세상
살아갈 날 걱정이지만
그대가 지닌 저 보물들
이승에 모두 내다 팔면
다시 1천 5백 년을
넉넉히 살아갈 수 있을까

살아있는 날의 사랑

첫눈이 내리기 전에
오지그릇보다 작은 화분 셋을
거실에 들였다
꽃이 피기 시작하는
두 개의 칼란디바와 시크라멘
이국異國의 꽃 이름을 달고 있는
저 작고 여린 꽃망울 끝에
고혹적인 연분홍과 주홍, 흰색의
꽃잎이 제각기 눈부시다
살아있는 생명들이 쏘아 올리는
조그만 불빛
이 겨울이 다 가기 전에
나는 네 발등 아래
정성 들여 물을 부어주리라
저 꽃들이 가진 작은 생명들과
더 오랜 시간을 교감하리라
내 살아있는 날의 사랑이
부디 한겨울의 사랑뿐이 아니기를!

동백꽃을 보며

지는 동백꽃은 모두
꽃송이마다 슬픈 서사가 담겨 있다
동백꽃나무 아래
꽃송이째 투신해 떨어지는 동백꽃을 보면
나는 가슴이 아프다
꽃송이마다 다 꽃피우지 못한 순간을 감춘 채
툭! 하고 꽃송이째
땅바닥에 떨어져 부딪는 소리는
마음속 깊이 숨겨놓은 비련悲戀마저
아프게 풀어놓는다
동백꽃이여, 네 붉고 고운 자태는
동백꽃 나뭇가지 위에서
꽃으로 한번
땅 위에 떨어져서 땅 위의 조형造形으로 또 한 번
맨 마지막엔 내 마음속에
슬프고 아름다운 한 마디 꽃말을 새겨놓고
떠나가는구나
동백꽃을 보면 나는 언제나 슬프다

벚꽃세상

폭설이 내린 날 아침
벚나무가 일제히 머리에 쓰고 있는
하얀 면사포
차가운 눈바람 속 그 겨울 가고
봄날이 되니까
벚나무는 또 한 번
머리 위에 일제히 하얀 면사포를 쓰고 있구나
꽃잎마다 수를 놓고 봄 향기마저 담은 듯
벚나무 아래로 하얀 눈발이 흩날린다
바람 속의 눈송이인 듯
하늘 위의 나지막한 말씀인 듯
오라고 오라고 손짓하는 봄날의 벚꽃 세상
하르르 하르르 날리는 꽃잎
어느새 눈가에 닿으면
눈물마저 되는구나

어머니, 저는 면목이 없습니다

평생 살아오면서
내가 제일 많이 보았던 얼굴 제1위가
나의 얼굴이다
평생 살아오면서 삶의 희로애락을
시절마다 다 담아냈던
변화무쌍한 저 얼굴!
날마다 보고 또 보았던
가면 속의 저 얼굴의 정체
가만히 저 얼굴의 속내를 짚어보면
어머니 사셨을 때
효성을 다하지 못한 불효 또한 숨겨져 있다.
어머니를 떠올리면
어머니, 어머니
이승에서 저는 면목이 없습니다

봄날, 나의 무덤 찾아가기

오늘따라 바람은 부드러운 동남풍
벚꽃 꽃잎이 천지에 흩날린다
내가 죽어서 쉴 수 있는 곳
그곳을 찾아갔다
이별의 슬픔을 나누기 전
화장로火葬爐 거쳐서
아직 봉안되기 전
납골묘지를 찾아갔다
아내와 유족이 될 가족과 함께
묘지 찾아가기
봄날의 드라이브
언제일지 모르는 그 날의 이별을 생각하며
내가 죽어서 쉴 수 있는 곳
몇 평坪의 땅
죽음 뒤의 세상은 모두가 무無라지만
멀리 삼각산과 인수봉 위에 걸린
봄날 하늘을 나는 유정하게 바라본다
이 세상 살아온 길처럼
내가 묻혀 있을 납골묘지를 찾아서

바람 부는 봄날, 가족과 함께
공원묘지 언덕 계단을 힘겹게 올라간다

4.

그 강 건너지 마오

무인도에 내리는 눈

내가 사는
무인도에도 눈이 오는구나
펑펑 쏟아지는 눈은
내 집을 둘러싼 가시나무의 가시마다 얹혀서
위리안치圍籬安置의 세상을
더없이 평화롭게 하는구나
세상은 유배소가 아니라고 말하는구나
외로운 섬 그 안에서
눈 오는 하늘을 바라보면
지금껏 내가 걸어온 세상
눈이 와서 선명하게 찍혀 있는
천형天刑의 발자국
세상 살아가며 누구나 무인도 하나쯤
마음속에 지니고 있을 테지만
오늘은 내가 살고 있는 무인도에도
눈이 펑펑 내린다

기상도

산수傘壽 지나 몇 해
노인으로 살아보니까
그간 위태위태해 보이던
눈앞의 세상이 편안해 보인다
한평생 맞닥뜨린 수십 개의 태풍보다
사람과 사람 사이
사랑과 증오가 만드는 악천후가
더 위험하다고
깨닫는 나이
까마득하던 높이의 산도
알 수 없었던 수평선 너머의 항해도
그 본색이 보인다
오늘 저녁
내가 손수 차린 술상 앞에서
나는 한 잔의 술을 비우며
사람 살아가는 세상의
기상도를 다시 한번 조심스레 펼쳐 본다

지하철을 타고 가며

팔순이 넘은 나이
오늘은 강남의 신논현역이 있는
비뇨기과 의원으로 진료받으러 간다
6호선 광흥창역 언덕에서
모처럼 배를 끌어내어 혼자 주행한다
번잡한 서울 지하도로의 거미줄 같은
강물을 따라가듯 지하철 선로를 바꿔 타며
나 혼자 마스크 쓰고 묵언으로 주행한다
미당 서정주 선생이 사셨던 공덕동
그 시절과 교감했던 5호선 공덕역에서
항로를 바꾸었고
9호선 여의도역에서 삐끗
절박뇨 때문에 나는 잠시 당황하였다
말년에 여의도 시범아파트에서
산소 흡입 고무줄로 연명하시던
구상 선생을 떠올리며
스스로의 의지대로
삶의 항로를 수시로 바꿀 수 있는
서투른 나의 항해술을 나는 믿기로 한다

천천히 천천히 노를 저어가는
나의 항해법을 나는 믿기로 한다

노인의 시간

여든다섯 살 아내가
강원도 가을 단풍 여행을 떠난 뒤
나는 집에 혼자 남아서
저녁밥 차려 먹고 설거지를 끝낸 뒤
모처럼 혼자 맞이하는 적요寂寥
노인의 삶과 즐거움에 대하여
곰곰이 생각하다가
아내 눈치 때문에 보지 못했던 성인영화
19세 미만 시청 금지
화끈한 에로영화를 몰래 틀었다
현관문이 덜컥 열리며
아내가 불시에 들이닥칠 것 같은
아슬아슬한 범죄자의 시간
벌거벗은 남녀의 노골적인 체위와 성관계를
얼굴 붉히며 망연자실 바라보는 노인의 시간
한때 나에게도 있었던
아득한 청춘의 지평 너머
오늘은 조각달 하나
서西으로 넘어가고 있었다

그 강 건너지 마오

강 너머 더 멀리 요양원이 있다
일생의 끝, 일생의 마지막 여행지
안식과 치유, 사랑을 건네받는
요양원이 오라고 오라고 손짓한다
오래전에 강 건너 그곳으로 가서
세상에서 사라진 사람들을 나는 보았다
그 강 건너가면
세상의 마지막 절벽이 있다
강 이쪽 언덕에서
이생의 삶이 언제나 따뜻하다고
안온하다고는 믿지 마라
아침이 오면 반드시 저녁이 오리라는 것을
순명하는 사람들
지금 한평생 우리의 일상
우리 곁을 지키던 지인들이
하나둘 그 강을 건너간다
어쩌랴, 강 건너로 하나둘
떠나가는 사람들
오늘 나는 탄식하며 혼자서 부르짖는다

그 강 건너지 마오
그 사람들의 마지막 음성이 담긴
내 스마트폰 속의 따뜻한 전화번호를
세상의 종말이 올 때까지
나는 끝내 지우지 못하리

서울 입성入城

정월 대보름날 사흘 지난 1962년 2월 18일께, 나는 고향 부산을 떠났다. 고향 바다와 초장동과 어머니와 사랑하는 여자를 부산 본역本驛에 남겨두고 슬프고 긴 기적소리와 함께 서울행 밤기차가 움직이자 기차 맨 끝 꼬리칸에서 난간을 붙잡고 나는 통곡하였다. 수중에는 1,450원뿐, 이 가운데 서울행 기차삯이 790원—이제 나는 다시고향 부산 땅으로 돌아가지 못하리라.

「십계十戒」의 모세처럼 광야의 사막을 혼자서 나는 걸어가야 하리라. 넓고 낯선 저 사막, 닫혀 있는 서울의 어느 집에서 한 모금의 물이라도 얻어 마실 것인가. 먼 사막의 광야를 걸어가는 히브리인 모세가 나에게 와서 밤낮으로 회중전등을 비춰 주었다. 나는 일어서서 사막 위를 걷고 또 걸었다.

못 찾겠다, 꾀꼬리

초장동 3가 75번지
동네 담벼락에서
잠시 눈을 감고 술래잡기하는 동안
동무들은 세월 속으로
뿔뿔이 흩어져 숨었다
부는 바람과 흐르는 물결 속으로
아버지와 어머니
형과 아우마저도 사라졌다
잠시였다
나는 혼자서 길을 찾아
아직도 삶의 골목길을 헤매고 있다
못 찾겠다, 꾀꼬리
어느덧 팔순의 나이는 슬프고 외롭다
가로등 불빛은 저 혼자서 화안하다

엄마라는 말, 특히

사람들이 이 땅에 와서
맨 먼저 부르는 이름
태어나서 죽을 때까지
사람들이 가장 사랑했던 이름
모든 사람들이 살아가는 이유
부富와 권력, 사랑과 행복의 이름보다
먼저 호명되는 이름
영원한 이름
엄마
내가 죽고 난 다음에도
그 이름은
별보다 더 반짝이며
특히
부산시 서구 초장동의 밤하늘에
떠 있을 것이다

초장동에서 감내골*까지

따뜻한 봄날이었다
방문을 열어놓고 아버지는 누워서
「류충렬전」을 소리 내어 읽고 있었다
나는 엄마 따라
참꽃이 흐드러지게 피어 있는 천마산을 넘어서
무서운 아미동 공동묘지 지나서
감내골로 빨래하러 가는 엄마 따라
천마산 가파른 고개를 넘어간다
나는 숨 막히고 비좁은 집 안이 싫다
감내골 계곡 흐르는 맑은 물가에서
엄마는 불을 지피고
가져온 빨래들을 삶았다
빨래 방망이 두드리는 엄마 곁에서
나는 참꽃을 한 다발 꺾어 모은다
초장동에서 감내골까지 산길 10리
빨래하는 엄마 곁에서
다람쥐보다 더 재빠르게 뛰어다니며
마른 삭정이 나뭇가지 줏어와
돌 아궁이 속 불꽃을 살린다

봄날 온 산이 참꽃으로 빨갛다

* 천마산 뒤쪽의 감천 문화마을 아래 옛 계곡

나이 팔십 산수傘壽가 되니

나이 팔십 산수傘壽가 되니
바람이 눈에 보인다
가을 햇볕도 귀에 소리로 들린다
내 곁을 스치며
살며 함께 했던 자연이
모두 제 모습을 선명하게 보인다
산 너머까지 가보지 않아도
천천히 걷던 걸음이 먼저 되돌아와
그곳에는 또 산이 있고
산 위에 하늘이 있다고 넌지시 말한다
천천히 걷는 산책길 위로
나이 팔십 산수가 되니
오늘도 길 밖의 바람이
친구처럼 눈에 보인다

인왕산을 바라보며

겸재 정선이 바라보며 그렸던
「인왕제색도仁王霽色圖」의 인왕산 자락을
나는 아침저녁으로 우리 집에서 바라본다
내수동에서 바라보는 인왕산은
언제나 수묵빛이다
수천억 년 엎드린 채 꿈쩍도 하지 않고
한결같은 모습으로
스스로의 진경眞景을 날마다 간직한다는 것
산은 무엇을 꿈꾸고 있는 것일까
스치는 구름과 바람 속에서
겸재 정선이 그린 것은
사람의 역사 속 한 사람의 풍경화일까
인왕산 아래
세상을 호령하던 궁궐도
서슬 푸르던 청와대도
시절 따라 그 주인이 바뀌거늘
인왕산아, 이제는 네 혼자서 변하지 않고
세세대대로 만인의 추앙을 받는구나

가을은 길 밖에서도 길 안에서도

16층 05호실에는 어쩌다가 승강기 앞에서 잠깐 모
습을 보이는
90대 노부부가 정물처럼 산다.
거친 한세상 살아오면서 몸을 비운 두 사람을 보면
안거安居를 모두 끝낸 불자의 편안함이 보인다.
몸이 가벼워졌을 때를 기다려 가볍게 낙하하는 가
랑잎처럼
자연 속으로 고요히 돌아가는 길을 깨친 그들의 뒷
모습.
따스하고 부드럽다
가을은 길 밖에서도 길 안에서도
사람 사이의 경계境界를 언제나 허문다.

나무연필로 시를 쓰다

내 시의 첫 귀절은 나무연필로 쓴다
세상을 모두 시 속에 들어앉힌다
그림인 듯 선禪인 듯 말인 듯
희미하게 잡히는 날[生] 이미지가
나무연필에 쉽게 잡힌다
시의 외연外延에 갇혀 오래 지냈으므로
초벌로 씌어진 시가 나무연필에 잡혀서
희미하게 그 모습을 보이기까지
나는 며칠간 무릎을 꿇고
말의 닦달질을 계속해야 한다
시로 쓴 사상의 실체는
시가 아니므로 나는 고통스럽다
나무연필은 희미하고 확실하지 않다
연필로 쓴 세상과 삶을
나는 또 바꿀 수 있다
내 시의 마지막 귀절까지
나무연필로 쓴 시를 쉽게 지울 수 있어 좋다
일평생 지우고 또 지워도 지워지지 않는 시
살아오며 상처를 받는 동안 씌어진 시

나무연필로 쓴 한 귀절의 시를
나는 또 바꾼다

시詩를 버리다

쓰레기 종량제 봉투에 담아서
버려야 할 쓰레기 속에
아직 못다 버린 쓰레기 시詩들이
너무 많다
시인들이 쏟아내는 쓰레기 같은 시詩들
아무 의미도 감흥도 생명마저도 갖지 못한 시
한 번도 남의 마음을 움직이지 못한 시
수많은 시인들이 쓴 쓰레기 시詩 속에
내가 쓴 쓰레기 시도 포함된다
쓰레기 분리 배출장에 가서도
내가 갖다 버릴 쓰레기 때문에
나는 혼란에 빠진다
시인들이 의미 없이 세상에 쏟아내는
엄청난 분량의 쓰레기 시들,
오, 고민 없는 시인들만의 자기만족 사회!
종량제 봉투 속에 함께 넣어서
버려야 할 저 무의미한 시들
혹독한 겨울이 한세상 지나기까지
한 번쯤 사람들 마음속에

따뜻한 군불마저도 지피지 못했던 시들
쓰레기 분리 배출장에 가서도
버려야 할 저 시詩들 때문에
나는 괴롭다

황무지

우리는 누구나 황무지를 가지고 살아간다
어린 날 우리가 처음으로 말을 배우기 시작할 때부터
아버지도 교과서도 선생님도
그리고 하느님마저도
황무지를 황무지 그대로 두지 말라고 한다
어서 너희 쟁깃날을 꽂아 넣어라 한다
씨를 뿌리고 가꾼 만큼 거두라 한다
일하는 사람의 황무지는 황무지가 아니라 한다
황무지를 황무지대로 두지 않고
날마다 땀 흘리며 우리의 삶 쪽으로 끌어들일 때
황무지는 우리가 원하는 모든 것을 베푼다
황무지는 우리 삶의 어느 곳에나 팽개쳐져 있다
그대여, 오늘이 저물기 전에,
저녁별이 보이기 전에
더 먼 곳까지
그대의 지평을 갈아엎어야 한다
인생의 시작이 황무지다

5.
봄날을 그리며

하얀 마스크

포근한 겨울 소한小寒 대한大寒 다 지나고
갑자기 엄혹해진 겨울 햇살
영하의 입춘날 아침
아내가 마스크를 쓰라고 꺼내준다
미세먼지로 세상이 캄캄했을 때도
끝내 쓰지 않았던 저 하얀 마스크
아내가 마스크를 쓰라 한다
중국의 우한 폐렴으로 온 세상이 캄캄하고
무섭기까지 한 것일까
엘리베이터의 작은 버튼에도
세균 감염을 신경 쓰는,
택배기사의 내왕마저도 꺼려 하는
저 바이러스의 정체는 무엇일까
입춘날 아침
호들갑 떠는 세상과 맞서
내 몸은 둔감한 것일까
아내가 꺼내준 하얀 마스크를
주머니 속에 넣어두고
나는 끝내 쓰지 않았다

하늘이여

겨울 새벽 6시
대설大雪마저 잊은 인파가
마스크를 쓰고 대학병원 병동마다 붐빈다
춥고 어두운 도시는 불을 끈 채
마스크를 쓰고 아직 잠들어 있는데
병원 승강기와 에스컬레이터 위에는
진료실 찾아가는 사람들로 엉킨다
영상 촬영실 앞 병상 위에는
먼저 온 노인들이
모두 허공을 바라보고 누워 있다
알 수 없는 내일과
한 줄기 희망을 찾아가는 저 병상 위에는
한 어린 소녀도 애처로이 잠들어 있다
하늘이여 심혈관 진료실을 찾아가는 나는
마스크를 쓴 채 잠시 숨을 멈춘다
하늘이여
저 소녀를 위한 짧은 기도의 말이
나를 위한 것이 아니었음에도
나는 하늘을 잠시 우러러보았다

봄이 왔건만 봄 같지 않구나

중국의 우한 바이러스는 경계가 없다
하룻밤 자고 나면
사람 감염 숫자가 배로 늘어난다
사람과 사람 사이 마스크
사람마다 마스크
바이러스 감염은 경계를 뛰어넘는다
문 바깥에서 만나는 사람들을 의심하고
움직이는 낯선 사람들의 동선을 서로 경계한다
꽃피는 봄날은 돌아왔는데
꽃은 피었는데
어제 핀 꽃소식마저 모두 꿈결 같다
캄캄하고 흉흉한 바람은
먼 나라 온 세상에서 감염된다
서로 대면조차 꺼리는
각자 1인의 절벽 끝에 사람들이 매달려 있다
중국의 우한 바이러스는
스스로 문 닫아걸고
집안에서 면벽面壁하며
봄 석 달 동안 꼼짝 않고

춘안거春安居에 들라 한다
우리 집 문 바깥에서
엄중하게 지켜 선 채
나더러 좌선坐禪 수행하라 한다

봄날을 그리며

새벽부터 하얀 눈발이 흩날린다
승용차 앞면에 달라붙는 눈발을 와이퍼로 긁어내며
심뇌혈관 정기검진 받으러
오늘은 강남 성모병원으로 간다
오늘은 마스크를 써야 병원 출입이 허용된다
신종 코로나 바이러스 감염을 막기 위해
나는 마스크를 써야 한다
삼엄한 병원 통제선을 통과하려면
기어코 마스크를 써야 한다
마스크를 쓰는 순간
왜 나는 갑자기 혈압이 오를까
바이러스보다 무서운 허공
주치의 진료를 받기 전에
병원 창문 밖으론
마스크를 뒤집어쓴 하얀 눈발이
사방으로 흩날린다
사람과 사람 사이의 불안한 경계
저 눈발의 저지선 너머
사람 사는 세상의

따뜻한 봄날은 어디쯤 오고 있을까
나는 지금 마스크를 쓴 채
또 꿈을 꾸고 있다

유채꽃밭을 갈아엎다

서귀포 들판에 제일 먼저 봄날이 온다
유채꽃은 피어서 천지가 화안하다
잔인한 달 4월의 봄날
유채꽃이여 올해 봄날에는 그대의 노란 꽃망울을
부디 흙 속에 숨겨두기 바란다
코로나 바이러스는 사람들의 발을 묶어놓았지만
제주도 서귀포의 유채꽃 들판은
일시에 하늘을 향해 황홀한 축포를 터뜨려 놓았구나
코로나 바이러스에 어느 꽃송이 하나
감염되지 않았지만
사람들은 눈부신 유채꽃 들판을 보려고
무리 지어 찾아가서
봄날 하루의 위안을 스냅 한 장에 담고 있구나
자가격리를 깨트리는 그 사람들 때문에
애먼 유채꽃밭이여, 유채꽃 길고 긴 들판이여
섬사람들은 아픈 가슴 감추고
예쁜 딸 삭발시키는 심정으로
유채꽃 한 송이 한 송이
일만 송이 백만 송이를

트랙터로 갈아엎는다
그대 4월의 유채꽃이여

아픔에 대하여

모르핀 주사를 맞고서도
아파서 견딜 수 없이 힘들었던 밤
통증과 싸우는 동안
그 새벽은 왜 더욱 캄캄하고
늦게 오는 것인가
그 밤에 슬픔과 기쁨, 위로의 말들은
나의 삶에서 무슨 의미를 띠며
삶의 전부를 뒤엎게 만드는 통증은
대체 나에게 무슨 시그널로 번쩍이는가
견딜 수 없는 통증 때문에
이곳의 삶마저도 버리고 싶은 날
며칠 후, 며칠 후, 기다리지 않고
내가 스스로 이 세상의 문을 박차고 나가리라
서슬 푸른 그런 새벽이 있었다
삶의 한 고개라 생각되는 그 절체절명의 아픔을
나는 또한 사랑할 수밖에 없었던
새벽이 있었다

화장火葬

―코로나 바이러스

장례식은 끝났다
고글을 쓰고 두터운 장갑
하얀 방호복을 입은 사람 서넛
화장로 연소실의 불길을 지켜본다
타오르는 불길은 바알갛다
또 한 사람이 이승을 떠난다
슬픔은 서로에게 감염되지 않는다
하얀 방호복 속에
남겨진 자의 슬픔도 갇혀 있다
그 사람이 남기고 간 추억은
오늘 밤 별이 되어 떠 있을 것이다

봄을 기다리며

동지冬至 이틀 지난 캄캄한 겨울 새벽
몇 주째 문을 닫은 피트니스 센터
오늘은 엘리베이터를 버리고
내가 사는 아파트 16층에서 지하 3층까지
계단을 걸어서 내려간다
다시 지하 3층에서 16층까지
걸어서 계단을 올라간다
비상 재해와 똑같은 코로나 시대
멀쩡한 엘리베이터를 버리고
마스크를 쓴 채
나는 반복해서 16층 계단을 올라간다
책을 읽고 신문을 읽고
TV로 뉴스를 지켜보는 일마저도,
넘치는 트롯 경연, 노래 배틀, 드라마마저도
이젠 답답하다
우울한 이 시대가 맞이한 겨울은 언제 끝나나
봄은 언제 또 와서 꽃을 피울까
한 걸음 한 걸음 계단을 오르며
숨이 턱에 닿을 때까지

나는 봄과 백신을 생각한다
계단 유리창 바깥으로 얼굴을 들이미는
겨울 새벽빛을 바라보며
이마의 땀을 닦으며
아파트 지하 3층에서 16층까지
나는 또 발을 옮긴다

봄날 저녁

청명 한식 지나 잡힌 기장 봄멸치
저녁 밥상 위에 처음으로 올랐다
오랫동안 사람과의 거리두기
입과 코를 가린 마스크도 벗고
오늘은 양념장과 함께
생으로 졸인 봄멸치 한 숟갈
상추쌈에 밥과 쌈된장
입안에 쏟아 넣자마자 울컥
눈물이
오오, 내가 까마득하게 잊고 있었던
봄 입맛이었구나!
목울대를 빠르게 타고 넘는 소주 한 잔이
꿀보다 더 달다
오늘 저녁 내가 맞이한
봄날에 대하여
나는 또 무엇을 더 말할 수 있겠는가

저 혼자 핀 목련꽃

—코로나 바이러스

오늘은 월요일, 봄 햇살이 눈부시다
주민증의 생년 숫자 1에 맞추어
동네 약국으로 가서
길게 줄지어 서 있는 맨 뒷자리에 선다
마스크를 쓴 채 말없이 기다린다
두 장의 KF94 새 마스크를 사서
돌아오는 길
폐쇄된 중학교 교정 안쪽으로
하얀 목련꽃이 저 혼자 피어 있다
눈부시다
아무도 없는 운동장에서
목련꽃은 저 혼자 슬프다
누가 화창한 이 봄날을 굳게 닫아놓았나
내가 쓰고 있는 하얀 마스크
눈 밑으로 이슬이 맺힌다

꽃잎 떨어지다

벚꽃이 핀 봄날 열흘 동안은
온 세상이 환하다
벚꽃이 흩날리는 봄날 열흘 동안
조도照度가 밝아진 벚꽃나무 아래
사람들의 시력은 더 맑게 트인다
바람은 벚꽃나무 아래로 와서
떨어진 꽃잎 하나하나에
슬픈 이름을 달아준다
바람이 불어서
꽃잎이 날리며
봄날 열흘 동안 반짝이던 이름
꽃잎 몇 장은
오늘 밤이 지나면
마지막 반짝이는 지등紙燈을 들고
벼랑 아래로 뛰어내릴 것이다

강변 산책

마포의 강바람은 부드럽다
마스크 쓰고 산책을 한다
신수로 지나고 현석로 지나
서강西江을 끼고 걷는다
장마 걷힌 하늘은 마스크를 벗고 있다
그 하늘에 슬픈 부음訃音으로 떠 있는 이름들이
와서 채운다
나는 빠르게 걷는다
그 사람들 얼굴이
나보다 두세 발걸음 앞서 걷는다
그래, 함께 걸어요
물이 되어 소리 죽여 흐르는 강물
마스크 쓰고 고인들과 함께 산책하는
구월 초하루
마포 강바람은 부드럽다

복분자 술을 빚다

고창에서 택배로 보내온 복분자딸기
커다란 유리병 용기 속에
35° 소주와 설탕에 재워
서재 한 귀퉁이에 저 혼자 두었다
술이 익어가는 석 달 열흘
그간의 입맛 도는 궁합을
나는 짐짓 잊고 지냈다
여름 가고 가을 가고 첫얼음 얼던 11월 하순
술 담근 지 드디어 백날째 되는 오늘
밀봉된 복분자 술 유리병을 딴다
나 한 사람의 인생사 속에
저녁마다 삶의 매듭이 되어주던 한 잔의 술
나이 여든이 지나서
오늘은 내 손으로 술을 빚고 홀로 마신다
누구에게나 숙성되어가는
삶의 사계四季와 시간이 있으므로
삶이여 인생이여 고맙고 즐겁구나
한 잔의 복분자 술이
오늘은 내게 따뜻한 잠언箴言이 되어준다

'벼랑'을 짊어진 시인이 걸어온 길
—김종해 시인의
『서로 사랑하기에는 시간이 너무 짧다』에 대하여

방 민 호(문학평론가·서울대학교 국문과 교수)

'벼랑'을 짊어진 시인이 걸어온 길
―김종해 시인의
『서로 사랑하기에는 시간이 너무 짧다』에 대하여

방 민 호(문학평론가·서울대 국문과 교수)

1.

김종해 시인의 새 시집 원고는 죽음과 죽음의 임박과 죽은 이들에 대한 회상들로 가득 차 있다. 일견 평이해 보이는 듯한 언술들로 구성된, 일상의 평범한 일들을 시에 끌어들이는 듯한, 무신경을 가장한 시들이, 전혀 일상적이지 않은 기운을 내장하고 있다. 이를 감지하고 나면 어떻게 이 시들에 접근해야 하나? 어떤 어려움을 인지하게 된다.

이 시집에서는, 죽은 이들, 그것도 그냥 일가 사람들, 지인들은 아니고, 문학사 속에서 이름을 접할 수 있는 시인들의 이름들이 발견된다. 두서없이 적어 보면 김광림(「외출」), 최하림(「섬에서 최하림 시인을 만났다」), 이어령(「봄이여 무심하구나―이어령 선생님을 그리며」, 「알람을 껐다」), 박목월(「따뜻한 지폐」), 조지훈, 박남수(「한 마리의 새, 이민을 가다」) 등이다.

모두 뜻깊은 문학인들이지만 최근에 타계 1주기를 맞은 이어령에 관한 시 두 편은 삶의 무상함을 새롭게 의식하게 한다. 이들뿐 아니라 김종해 시인의 서재는 김동리, 박목월, 김종길, 조병화 등 먼저 떠나간 이들의 유품에 둘러싸여 있다.(「따뜻한 서재」) 정진규 시인은 그 가운데 시인의 가장 가까운 동년배의 사람이다.(「안부 전화」)

박목월 시인과 그 아내 유익순에 얽힌 일화 이야기는 이 시인이 《심상》을 편집하던 때가 있었음을 알게 한다. 그 시 안에서, 화자인 '나'는 목월과 정치적 견해가 사뭇 달랐던 듯하다. "김 선생, 오늘은 정치 이야기하지 말아요."(「따뜻한 지폐」)라고 간청하는 듯한 유익순의 말에서 긴장이 느껴진다. 자신의 재등단에 심사를 했고 잡지를 함께 한 목월과의 정견의 갈등을 그에게는 무척 괴로운 일이었을 것이다.

아는 사람들은 알지만, 김종해 시인은 1941년생이고, 1963년에 《자유문학》 신인상에 「저녁」이 당선되었고, 동인지 《신년대》를 1963년부터 5집까지 참여했고, 《경향신문》 신춘문예에 「내란」으로 당선되어 새로운 단계에 들어섰다. 그때 심사자가 목월과 지훈이었다.

앞에 열거했듯이 박남수 시인 이야기도 나온다. 박남수 시인이 마지막까지 시간강사였다고 하면서, 그가 플로리다로 이민 나갈 때, 같은 《문장》지 추천으로 문단에 나온 목월이 그를 출영 나간 이야기를 한다. 그때 젊은 김종해는 박남수의 이민 가방을 들고 있었다.

> 1975년 4월
> 김포공항으로 떠나는 승용차 안에는
> 박남수 선생님을 배웅하는 박목월朴木月 선생님 내외 분과
> 젊은 시인 김종해가 선생님의 가방을 들었습니다
> 승용차 안은《문장文章》지 출신의
> 두 큰 시인의 우정과 사랑이 따스하였고
> 슬픔과 회한 또한 감출 수 없었습니다
> 가끔 알 수 없는 적막도 끼어들었습니다
>
> ─「한 마리의 새, 이민을 가다」일부

여기 나오는 박목월은 1915년생, 박남수는 1918년생이다. 김종해의 출생연대를 감안하면 그는 문학사상 두 세대 이상 층이 지는 사람들, 그것도 높은 문학성을 지닌 사람들과 지속적인 교유를 쌓았다고 해야 한다.

이런 과정은 시인의 성장이나 성숙, 그리고 문제의식 벼리기에 더없이 중요한 것이다. 의미 있는 문학인을 직접 만나는 것, 인간을 느끼고 대화 나누는 것, 문학적 질문의 심층에 도달하는 것, 이런 것들을 이 과정에서 체험적으로 터득할 수 있다.

도대체 김종해 시인이 만난 이들은 어떤 관계에 놓여

있었던 것일까? 한 대담에서 연배 높은 박남수 시인과 젊은 김종해 시인이 이야기를 나눈다. 김이 《문장》 시절 이야기를 해달라고 하자, 박이 말한다. 《문장》지가 나올 무렵 자신은 일본 동경 중앙대학교 법학부에서 공부하고 있었다. 그때 김종한, 이용악 등과 사귀었는데, 김종한이 먼저 《문장》에 투고하여 조지훈과 함께 제1회로 추천을 받았다. 그가 추천받기를 권유하기에 발표지면도, 문단 반응도 없었던 터라 응했고, 정지용 추천을 받게 되었다. 이런 이야기 앞뒤로 박남수의 시작 초년기 이야기가 펼쳐지는데, 김이 1938년에 나온 동인지 《맥貘》에 실린 시들을 읽어 보았다고 하자, 박은 동인은 아니었고, 이 동인지가 동인 아닌 사람들에게도 발표를 허용했다고 하고, 이 동인들은 함윤수 같은 함경도 지방 사람들이 중심이었다고 한다.

또 묻는 김을 향해 박은 조지훈, 박목월, 박두진 등 '삼가시인三家詩人'들이나 이한직 등에 대한 이야기나, 자신의 '새'에 관한 이야기들을 이어가다가 조지훈에 대해 다시 언급한다. "지훈과는 피난 후 부산에서 만났지요. 지훈의 말년에는 청록파 삼가시인의 다른 분보다 나하고 더욱 친하게 지내었는데, 허물없는 사이라 하기보다는 신뢰하는 벗이거나 예의를 갖춘 사이였지."

2.

이런 대담은 김종해 시인의 그 시대의 고민 쪽으로 읽는 사람을 다시 밀어붙인다. 여기서 그는 예술로서의 시의 언어에 대한 자의식을 다음과 같이 드러낸다.

시를 언어로 쓴다는 것은 시인에겐 상식에 해당되는 것이라 할 수 있습니다. 저는 완벽한 표현의 언어 극치의 시를 읽고 감동한 적은 없었습니다. 오히려 한 편의 시가 주는 내적 진실, 충만한 내용에서 감동을

박남수 시인과 대담하고 있는 김종해 시인

받은 적은 있었어요. 인간이 얻을 수 있는 위대한 헌신이나 우정, 사랑이 그려진 『이녹·아덴』 같은 서사시의 시적 진실은 충분히 감동적이라 할 수 있겠지요. 성서나 불경, 우파니샤드, 그밖의 시경에서 인간은 그것의 내용이 주는 진실을 받을 수 있기 때문에, 자신의 갈증을 풀 수도 있고 영원한 공기를 숨쉴 수 있지 않을까요. 문제는 언어예술의 자각에 의한 내용의 빛남과 명징성에서 독자들은 무엇인가를 받아야 하지 않을까요. ―박남수·김종해, 「시적 체험과 리얼리티」, 《심상》, 1974.8, 67쪽

위에서 시인은 단순히 시가 언어예술이라는 '동어반복' 같은 논리에 만족할 수 없다고, 중요한 것은 단순한, 언어적 표현 그 자체가 아니라, 그 표현을 통해서 빛나는 '내용의 명징성'이라고 논의한다. 좋은 수사적 비유 대신에 시를 시일 수 있게 하는 내적 정신의 가치를 고조하는 것이다.

이와 같은 생각은 매우 끈질긴 것이어서 시인은 예의 박남수 시인에게 보내는 편지에서 이념 논쟁이 되어버린 '순수·참여 논쟁'의 무위성에 "종지부를 찍는 계기가 되었으면 하는 마음"(「박남수 선생님께—시와 예술」,『월간문학』, 1971. 4, 335쪽)으로 자신의 견해를 전개한다. 그는 리얼한 현실을 무시하지 않으면서도 이를 대하는 인간의 정신 내용의 풍부함과 깊이, 앞에서 "언어예술의 자각에 의한 내용의 빛남과 명징성"이라고 말한 것을, 로망 롤랑을 들어 다음과 같이 이야기한다.

시기적으로 이 몸을 잠들지 못하게 하는 이 인간의 정신적 공복을 채울 수 있는 것은 무엇인지요.

"무력한 자본주의에서 스스로 소모되며 서로 멸망시키고 있는 거대한 대중, 험악한 힘이 혼합된 이 대중의 시대에", "더 이상 무엇이 필요합니까? 인간에게 필요한 것은, 생존의 녹슨 시계를 이따금 태엽 감아주는 '생기를 주는 사람들'입니다." 이 글은 로망 롤랑의 글을 적어 놓은 것입니다. 이 글에서 '생기를 주는 사람들'이 시인이라 한다면, 가공

할 만한 물질문명에 파묻힌 이 시대에, 이 우리 사회에 민중들 개개인의 인간 생존의 녹슨 시계를 태엽 감아 줄 수 있는 방법은 비전을 통해 인간 근간인 영혼과 정신의식으로서의 접근만이 가능한 것이 아닐까요?(위의 글, 336쪽)

도대체 시인은 어떤 시를 말하고 싶은 것일까? 시인이 오래된 발표시들 가운데 하나에서 필자는 이에 가장 근접해 보이는 듯한 시 하나를 발견한다.

시들 것은 다 시들고 떨어질 것은 모두 떨어졌다
들판이여, 목마른 이 땅을 기르던 여인들은 모두 집으로 숨고
새벽에 일어나 저희 우물을 긷던 그 부산한 소리마저 들리지 않는다
집집마다 등불을 끄지 않고 이 밤에 다들 자지 않지만
오오, 이제 바람이 불면 마을의 문들을 꼭꼭 닫으시오
허나 대문에 빗장을 내다지르고도 저희는 잠들지 못한다
서로의 아픔과 슬픔을 익숙하게 부벼댈 이 깊은 어둠 속에서
저희의 불빛은 더 희게 번쩍인다
캄캄한 숲속에서 컹, 컹, 컹, 컹 울리는 저 울부짖음
사나운 한 마리 짐승의 울부짖음이 차라리 그리운
이 외롭고 어두운 날
목마른 대지에 젖을 먹여 기르던 여인들은 모두 집으로 숨고
들판은 새로 태어날 제날을 안고 머리를 숙이었다
이 외롭고 어두운 날, 아버지여

시들은 풀꽃의 죽지 않은 뿌리, 짓밟히고 억눌린 모든 것의 얼굴들에

이제 곧 저희의 배가 가까이 옴을 예언하소서

— 「겨울 메시지」, 『창작과비평』 1973년 겨울호

여기서 빛나는 것, 명징한 것은 '겨울'이 아니라 그 춥고 어두운 '겨울'을 대하는 화자의 목소리, 그에 서린 화자의 선지자적인 희구의 정신이다. 그의 시집 가운데 하나에서도 필자는 그와 같은 '긴장된 언어 장치와 강렬한 현실의식'의 결합물로서의 시를 발견한다.

아버지는 오시지 않고

눈이 내린다

눈을 맞으며

우리 집 뜨락까지 걸어 내려온

한 그루의 산당화가 웅크린 채

떨고 있구나

두 발을 오므리고 잠들지 못하는

우리 집 겨울밤에

아버지는 오시지 않고

눈이 내린다

눈을 맞으며

아이들은

언제쯤 부활의 새벽이 오느냐고

묻지 않았지만

어제의 목자 김교신金敎臣을

머리맡 책갈피 사이

행간마다 만나며

이 겨울의 추위에 익숙해질

아이들의 체온을

산당화 밭치에 짚을 둘러싸듯이

잠 깨어 한밤에 둘러싸느니

아버지는 오시지 않고

새벽닭 울음소리 들리지 않고

아아, 무심한 겨울밤 눈만 내린다

—「불면」 전문, 『항해일지』 문학세계사, 1984, 72~73쪽

여기서도 화자는 '아버지'를 부른다, 찾는다. 이 아버지
는 시인이 어렸을 때 일찍 돌아가신 육친의 아버지의 현
현일 수도 있고, 그 가난하고, 헐벗은, 병든, 죽음에 임박
했던 아버지의 이미지를 빌린, '민중가수' 김민기식으로
말하면 '금관의 예수' 같은 존재, 고통받는 민중을 어루만
져 주고, 대신 아파하고, 끝내 대속代贖의 희생까지도 마
다치 않을 어떤 숭고한 존재, 그것이다.

3.

위의 시들에서, 그런데, 왜 화자는 이렇게 '아버지'를 애타게 부르고, 찾고 있었던 것일까?

「겨울 메시지」에서처럼 겨울은 어둠에 잠겨 있는데, 그는 이 추운 어둠 속에서 "시들은 풀꽃의 죽지 않은 뿌리"를, "짓밟히고 억눌린 모든 것의 얼굴들"을 떠올리며, '그들'을 구원해 줄 "저희의 배"가 가까이 올 것을 희구한다. 화자는 '아버지'에게, 시들었을지언정 아직 죽지 않은 '풀꽃'의 '뿌리'를, "짓밟히고 억눌린 모든 것의 얼굴들"을 구원해 줄 '배'가 곧 다가올 것임을 '예언'해 달라 한다.

여기서 특히 '배'라는 시어에 시선이 집중된다. 시인은 시집 『항해일지』(문학세계사, 1984)에, (1)에서 (19)에 이르는 「항해일지」 연작들을 수록했고, 그 밖에도 이 도시를, 서울을 항해하는 이미지를 모티프 삼은 시들을 여럿 남겨 놓았다. 이 신작 시집에서도 당시의 연작시 「항해일지」와 같은 그 하나의 사례를 엿볼 수 있다.

팔순이 넘은 나이
오늘은 강남의 신논현역이 있는
비뇨기과 의원으로 진료받으러 간다
6호선 광흥창역 언덕에서
모처럼 배를 끌어내어 혼자 주행한다

번잡한 서울 지하도로의 거미줄 같은

강물을 따라가듯 지하철 선로를 바꿔 타며

나 혼자 마스크 쓰고 묵언으로 주행한다

미당 서정주 선생이 사셨던 공덕동

그 시절과 교감했던 5호선 공덕역에서

항로를 바꾸었고

9호선 여의도역에서 삐끗

절박뇨 때문에 나는 잠시 당황하였다

말년에 여의도 시범아파트에서

산소 흡입 고무줄로 연명하시던

구상 선생을 떠올리며

스스로의 의지대로

삶의 항로를 수시로 바꿀 수 있는

서투른 나의 항해술을 나는 믿기로 한다

천천히 천천히 노를 저어가는

나의 항해법을 나는 믿기로 한다

—「지하철을 타고 가며」전문

이런 시는 확실히 「항해일지」 연작을 염두에 두지 않을 수 없게 하며, 구원을 가져오는 '배'를 향한 희구의, 절박한 기대를 떠올리지 않을 수 없게 한다. 도대체 이 항해의 이미지, 구원에의 갈구는 어떤 의미를 담고 있는 것일까?

앞에서 돌아본 박남수와 김종해의 대담록 「시적 체험과 리얼리티」에서, 김종해 시인은, '참여'와 '순수'의 양자택일을 강요하는 문단적 논쟁에 대한 환멸을 드러내며, 중요한 것은, '참여'를 요청하는 '현실'을 투시하는 시인 자신의 정신적 세계라고 논의하고 있었다. 그는, 참여든 순수의 선택이 일차적인 것은 아니며, 관건적인 것은 오히려 시인의 정신이 그것, '현실'을, 얼마나 깊이 꿰뚫어 보고 자기의 언어로써 명징하게, 빛나게 표출할 수 있느냐, 라고 보았던 것이다.

그럼에도 필자는 이 시기의 그의 시들에서 현실의 어둠에 대한 시인의 고통스러운 응시를 느낀다.

『현대시 동인의 시세계』(예옥, 2006)를 저술한 최라영의 논의에 따르면 김종해 시인은 정신분석적 접근을 요청하는 스타일에서 출발하여 오랜 기간에 걸친 완강한 연속적 실험을 통하여 아주 많은 시집을 남기고 있다.

또한 필자가 보기에 《자유문학》 신인상으로 등단해서 《신년대》 동인 활동을 거쳐 박목월과 조지훈 심사의 《경향신문》으로 나아간 것은 이 시인의 복잡한 시적 경향을 시사하고 있다. 《자유문학》은 한국문학가협회의 내분 과정에서 나타난 잡지로 자유문학가협회 기관지이고 목월과 지훈은 이른바 '문협 정통파' 구성원들이었을 테니, 김종해 시인은 복잡한 '출생' 이력을 가지고 1960년대, 1970년대의 문학사를 헤쳐나오지 않을 수 없었을 것이다.

박목월이 주재한 순수 서정시의 '산실' 《심상》의 편집을 맡으면서도 유익순이 걱정을 할 만큼 목월과 정견을 달리한 것도 그 하나의 사례일 것이고, 목월과는 엇갈린 길을 간 박남수의 시론에서 자신의 시론에 접맥되는 공통성을 발견하면서도 단순히 형이상학적이지

자유실천문인협의회 101인 선언

않은, 차라리 '형이하학'적인 현실의 어둠에 깊은 관심을 기울인 것도 그 징표라면 징표일 것이다.

또 이런 곡절 속에서 어느 한겨울 날 새벽에 갑자기 경찰서 정보계 형사들이 집에 들이닥쳐 연행을 당하는 사태까지도 겪었던 것이니, 자유실천문인협의회 같은 단체가 만들어지고 '문인 간첩단' 사건이 나던 1970년대 초반의 '현실'의 '어둠'은 그에게도 촉수를 뻗었다.《된장 시래기국》 그는 '자유실천문인협의회 101인 선언'의 서명자 가운데 한 사람이었다.

필자는 김종해 시인의 이 도시의, 서울의, 아니, 한국

선언 서명자 명단 속의 김종해 시인

사회의 어둠에의 천착, 이를 넘어서고자 하는 시적 실험의 끈질김이, 실로 그 자신의 간난신고의 성장사와 서울 '정착기'에 깊은 뿌리를 내리고 있다고 생각한다. 예컨대, 그에게 서울은 파멸 직전의 고대 도시와도 같은 '어둠'에 휩싸여 있었다.

나는한강의하류에살면서
서울을자세히볼수있었다
밤마다몰래몰래하류로흘러내리는
엄청난물량에능욕당한이도시를,
오염된이도시의내장에서
항문으로흐르는오백오십만의방뇨를,
여러가지소리와움직임과내용을상기하는
수천만갤런의
시든욕망의세균성점액들을
볼수있었다

137

서울의정신을논문으로읽는것보다

나는한강의하류에살면서

더똑똑히서울을볼수있었다

요염한서울의복부에

나도합승을타고드나들며

이도시가임신하고있는**메씨나**의파멸을,

나는한강의하류에살면서

더똑똑히서울을볼수있었다

—「서울의 정신精神」,『신의열쇠』 문원사, 1971, 7~8쪽

이 시의 띄어쓰기 '거부'는 서울의 질병적 상태에 대한 화자의 '경악'에 가까운 환멸을 표현하면서 동시에 '행 나누기'는 그럼에도 불구하고 그 정신적 충격을 딛고 구원에 다다르고자 하는 완강한 의지를 또한 표현하고 있다고 할 수 있다. 이 시에서 화자는 첫 시구를 "어둠이덮이고……"(위의 시, 6쪽)로 시작하고 있었다.

지금 논의하고 있는 시집에서도 그와 같은 희구의 '태도', 어둠의 '초극'이라는 명제는 버려지지 않는다. 그러니, 이러한 맥락을 깨닫고 나면, 시가 표면상 아무리 일상적으로 보여져도 편안해할 수 없다.

서울의 봄날이 캄캄하다

초미세먼지가 오늘도 남산을 잡아먹었다

우리 집 뒷산 인왕산

건너편 북악산도 위험하다

따라서 청와대의 안부도 궁금하다

일 년 열두 달 뜯어고치는 광장

광화문도 궁금하다

사람 살아가는 일

날마다 촛불처럼 흔들리니까

나는 오늘도 내 눈에 안약

캄캄해지기 전에

저녁마다 혼자서 녹내장 안약을

꿈속에다 떨어트린다

눈 감고 사는 사람에게

환한 봄날이란

내일을 기다리는 불가촉천민不可觸賤民의

꿈속 세상이다

—「서울이 캄캄하다」 전문

그리고 이 시집 제2부의 제목이 왜 '낙원을 찾아서'인 가도 가늠이 가고, 또, 다음과 같은 시에서 시인의 '투쟁 적인' 삶의 과정과 이를 지탱해 주던 선연한 정신의 존재 를 엿볼 수 있다.

사람 살아가는 길

눈 오고 비 내리고 바람 부는 길

그 길 위에

사람마다 서로 다른

희로애락이 깔려 있다

때로는 꽃길이

때로는 벼랑길이

저마다의 삶 안에 녹아 있다

한겨울 얼어붙은 절벽 길을 걸었던

사람들의 봄날이

더 행복해 보이는 까닭은

절벽을 마주 서 본 사람의 결기가

평생 몸속에 남아 있기 때문이다

—「길 위에서」 전문(강조는 인용자)

그리하여 이 '사람'의 삶의 페이지를 한 장씩 한 장씩 거꾸로 넘겨 올라가다 보면 '마침내' 일찍 아버지를 여읜, 가난한 어머니와 형제들이 살아가는 부산을 떠나던 한 '사람'의 슬픈 행적이 모습을 나타낸다.

정월 대보름날 사흘 지난 1962년 2월 18일께, 나는 고향 부산을 떠났다. 고향 바다와 초장동과 어머니와 사랑하는 여자를 부산 본역本驛에 남겨두고 슬프고 긴 기적 소리와 함께 서울행 밤기차가 움직이자 기차 맨 끝 꼬리칸에서 난간을 붙잡고 나는 통곡하였다. 수중에는 1,450원뿐, 이 가운데 서울행 기차삯이 790원—이제 나는 다시 고향 부산 땅으로 돌아가지 못하리라.

「십계十戒」의 모세처럼 광야의 사막을 혼자서 나는 걸어가야 하리라. 넓고 낯선 저 사막, 닫혀 있는 서울의 어느 집에서 한 모금의 물이라도 얻어 마실 것인가. 먼 사막의 광야를 걸어가는 히브리인 모세가 나에게 와서 밤낮으로 회중전등을 비춰 주었다. 나는 일어서서 사막 위를 걷고 또 걸었다.

—「서울 입성」 전문

이렇게 해서, 영원한 타향인으로 서울에 들어온 이 '사람'은, '배'가 가까이 오고 있음을 예언해 줄, '히브리인 모세'의 불빛을 따라 항해해야 할 바다와도 같은 '사막의 광야'를 걸어와야 했다. 바로 그 때문에 이 서울의 타향인은 언제나 '길 위에서' 살아왔던 것이고, 남몰래 자기의 고향으로 되돌아가 '초장동 3가 75번지', '삶의 골목길'을 헤매고 있을 수밖에 없다. (「못 찾겠다, 꾀꼬리」) 이 '사람'의 뇌리에는 아직도 어린 시절 어머니와 아버지의 기억이 또렷하기만 한데(「초장동에서 감내골까지」), 그러나 이 고향조차 이제는 찾을 수 없다.

4.

　김종해 시인이 어둡고 추운 '서울'의 현실에서 길을 찾아 뜨겁게 살아가던 시대는 어떻게 되었을까? '현실'은 여전히 프롤레타리아들의 시위의 대열과 군중들의 아우성으로 가득 차 있다고도 할 수 있다. '서울의 봄날'은 아직도 '캄캄하다.'(『서울이 캄캄하다』) 하지만 객관적인 현실 그 자체란 없으며 그것은 언제나 그것을 대하는 사람에 의해 해석되고 이해된 어떤 것이지 않을 수 없다.

　이 시집 원고를 통해서 보는 김종해 시인의 현실은 이제 긴급조치와 연행되는 지식인, 학생과 검열로 얼룩진 그런 것은 아니다. '서민 대중'의 삶은 그의 심중 깊은 곳에 아직도 여전히 살아 숨 쉬고 있겠지만, 그는 이제 그런 것을 고통스러워하며 대담과 논쟁과 질문의 주제로 올리는 대신 그런 어둠, 고통을 내장한 세계에 자신이 찾아왔고 이제는 그에게 주어진 시간이 많지 않다는 사실을 응시하고자 한다.

　"서로 사랑하기에는 시간이 너무 짧다"(『서로 사랑하기에는 시간이 너무 짧다』)는 깨달음, 이미 너무 멀리 와 버린 느낌, 삶의 일상에 어른거리는 죽음의 그림자, 간단없이 찾아오는 떠난 이들의 기억, 노쇠해 가면서 외롭게 되는 것, 피붙이들이 주는 작은 기쁨들, 이런 것들 속에서 그는 삶이란 무엇인가를, '나'는 지금 어떻게 살아가고 있는

가를, 무엇을 생각하고 노래해야 하는가를, 편안해지고 순치된 것 같은 포즈 아래 여전히 예민함을 잃지 않는 감각, 느낌으로 묻고자 한다.

그렇게 해서 나타난 시가 바로 다음의 시다.

나이 팔순을 지나가니까
풀이 문득 보인다
풀이 보이니까 바람마저 보인다
풀 앞에 서면 나도 말을 버린다
말을 잊고 사는 것은 풀만이 아니다
한 마디 말도 하지 않고
풀은 일생을 살아간다
풀의 말을 해석하지 못하므로
나는 외롭다
말을 버린 풀처럼
바람이 불어오는 쪽을 향해
나는 필생畢生으로 온몸을 편다
풀이 흔들린다

—「풀 앞에 서서」 전문

이 시를 쓰면서 그가 김수영 시인의 「풀」을 의식하지 않았다고 할 수 있을까? 단연코 그럴 수는 없을 것이다. 그렇기에, 젊은 날이었다면 결코 이렇게 풀에 관해 쓰지 않았을 것이다. 이 시를 읽으면서 필자는 김수영의 「풀」을 생각하며, 시인이 이 「풀」과의 거리를 어떻게 의식하며 자신의 '풀'을 노래하는가에 관심을 기울인다.

김수영의 경우에도 「풀」은 이미 민중의 '풀'은 아니었다고도 할 수 있다. 이어령과의 불온시 논쟁에서는 정치적 자유를 강력하게 요구하는 듯한 포즈를 취했지만 이 김수영도 이미 자신의 시가 바뀌어야 한다고 생각하고 있었고, 그래서 남겨진 시가 바로 그의 다른 시들과는 전혀 다른 분위기와 뉘앙스를 가진 「풀」이라고 할 수 있다. 이 '풀'은 민중적인, 서민적인 전통적인 의미를 내장하면서도 그보다는 훨씬 더 바람과 풀의 존재론적인 '호응'이랄까, 아니, 그보다는 '풀'의 존재론적 삶에 대한 통찰이랄까, 하는 것을 담고 있다. 무엇보다 그 시의 진정한 묘미는 리듬을 이미지화하고 이미지를 리듬화하는 그 리듬의 반복과 변주 속에서 출현하는 풀잎 형상의 살아 있음 그 자체에 있다고 해야 한다. 김수영은 그런 것에 대해 말하지 않고 돌연 교통사고로 세상을 떠났지만 말이다.

이제, 김종해 시인의 '풀'이라고 할 「풀 앞에서 서서」에서 화자는 자기 자신이, '나' 자신이 '풀'에 지나지 않음을 깨닫는다. '나' 자신 또한 '풀'처럼 '바람이 불어오는 쪽을 향해' '필생畢生으로 온몸을' 펴는, '풀'과 같은 존재, 바로 그것이다. '필생'을 '서울'의, "현실"의 어둠에 맞서 거세게 헤쳐나오며, '항해'를 하며 살아온 그였건만, '나이 팔순'

에 다다라 보니 이제 '풀'이 보이고 '풀'을 나부끼게 하는 '바람'이 보인다. '말'을 버린 '풀'의 '일생'이 보인다. 침묵 속에서 '흔들리는' '풀'처럼 '나' 또한 '말'을 잊고 하나의 존재로서의 자신의 삶을 생각하며 서 있을 수밖에 없다.

김종해 시인은 또 다른 곳에서 '풀'을 이렇게도 노래한다.

풀잎끼리도 말을 한다

풀잎끼리 서로 지껄이는 조그만 귀엣말

내가 풀잎이 되어야

거우 알아듣게 되는 저 풀잎의 말

서로 사랑하는 모든 존재는 흔들린다

바람이 불지 않아도

살아 있는 것은

서로 사랑하니까 흔들린다

풀잎의 옷을 비껴 입고

제 몸의 가녀린 무게를 실은 뒤

바람에 몸을 맡기는

저 작은 생명의 귀엣말을

나는 풀잎이 되어 엿듣는다

　　　　　　　　　　　　—「풀잎끼리도 사랑하니까 흔들린다」 전문

이 시에서도 '나'는 이제 '풀잎'이 되어 있다. 여기서 '풀잎'은 하나하나의 생명적 존재를 가리키는 '대명사' 또는

'집합명사'가 되어 있다. 이 존재들로 하여금 서로 호응하게 하고 의지하게 해주는 것, 그것의 동인動因은 바로 '사랑'이다. "내가 풀잎이 되어야 / 겨우 알아듣게 되는 저 풀잎의 말", 그것은 "서로 사랑하는 모든 존재는 흔들린다"는 '진리'다.

모든 문학적 질문의 정답, 해답은 '사랑'에 있는 것을, 김종해 시인의 시적 화자는 '팔순' 즈음에 다다라 이제 명료하게 인식한다. '서울'의 영원한 타향인으로 어둠 속 '현실'을 필사적인 항해의 거스름으로 헤쳐나온 그는 이제 죽음이 건너다보이는 삶의 국면에 다다라 있음을 느끼며, '사랑'이라는 삶의 기적, 모든 문학적 질문의 정답, 해답을 찾아낸다. 이렇게 되면 이제 투쟁하는 아우성의 현장과는 다른 삶의 국면이라 해도 그 삶의 '일상'들은 단순한 '일상'이 아니다.

아침에 잠을 깨니
유리창에 빗방울이 가득 맺혀 있다
밤 사이 하늘이 써서 보낸 기별을
나는 놓쳤다
하늘은 아직 어둡고
바람은 유리창에 제 모습을 적어 놓지 않았다
사람 살아가는 일 다 그렇지
단순하지

비가 오니까

오늘 아침 나는 우산을 들고

집을 나설 것이다

일상 속에서 일상의 바람에 부대끼며

오늘 내린 빗방울에

조금은 옷자락이 젖을 것이다

젖는 일마저

나는 편안하게 받아들일 것이다

—「오늘은 비」 전문

이 시에 등장하는 '비'는 단순한 비가 아니라 저 앞의 시들에서 '풀'로서, '풀잎'으로서 자신을 의식하는 '나'의 '옷자락'을 적시는 '비'인 것이고, 그런 의미에서 이 '존재'의 '일상'의 의미를 새롭게 인식하게 하는 '비', 바로 그것이다.

오랜 시간을 위태로울 만큼 뜨거운 내부를 끌어안고 '걸어온' 시인은 죽음이 어른거리는 삶의 국면을 의식한다. 삶은 이제 죽음에 가까워졌고, 그 얇아진 경계만큼 삶의 '현실'은 이제 '사회'의 그것보다 '자연'으로서의 그것 자체가 된다. "절벽을 마주 서 본 사람의 결기"(「길 위에서」)를 접는다.

"눈송이를 이고 하늘로 오"르는 '바람'을 '보며' "각을 세운 세상"과는 다른 쪽으로 가던 「눈송이는 나의 각角을 지운다」(『눈송이는 나의 각을 지운다』, 문학세계사, 2013, 36쪽)의 '나'를 거쳐, 이제는 모든 것을 있는 그대로 받아들이는 자가 된다.

"오늘 내린 빗방울에" "조금은 옷자락이 젖을 것"이고, '나'는 바로 '풀'이고 '풀잎'이기 때문에 '젖는 일마저' "편안하게 받아들일 것이다." 자연적 존재 바로 그것으로써 하루하루를 살고, 서귀포든, 신안이든, 블라디보스톡이든 떠나고, 아무도 없는 집에서 홀로, 차오르는 죽음의 기운을, 그리하여 오늘 살아 있는 삶의 의미를 받아들일 것이다.

올해는 김종해 시인의 시 창작의 길을 공식화한 지 어언 60년째다. 이렇게 보면 이번 시집 『서로 사랑하기에는 시간이 너무 짧다』는 그 의미가 더욱 각별하게 느껴진다. 이 60년 시력詩歷을 의식하면서 필자는 그의 오늘의 시들을 그가 걸어온 삶의 길, 시의 길을 통해서 돌아보고자 했다. 필자의 질문에 김종해 시인의 시를 먼저 논의했던 연구자의 말을 이제 전해 본다.

"대가예요. 무수히 많이 냈고, 지속적으로 실험해 왔는데, 그때마다 결코 간단치 않았어요."